文芸社セレクション

長谷川恵三の備忘録

完全密室の不完全な殺人事件

小林 什無

KOBAYASHI Junai

文芸社

プロローグ

警察官になってからもう三十七年になるんですね。おっと、すみません。なんの脈絡もなく話を始めてしまいましたね。

ですが、このまま進めたいと思います。

大学を卒業してすぐに警察官になり、二年間制服で交番勤務を経験した後に、刑事になりました。

あっという間に三十数年が経ってしまいました。

わたしの警察人生はほぼ刑事人生だったと言うことができます。

次の三月の誕生日がくると五十九歳になるので、あと一年で還暦と呼ばれる特殊な年齢に達します。

十二年をひとつのサイクルにするそうです。

そして、それが五回巡ると六十年となってリセットされて還暦となり生まれ変わることがいわれのようです。

世間一般の儀礼によって、ひと区切りとされてしまうのです。

お祝いとして位置付けされているのですがなんとも不思議な気分です。

しかし、わたしとしては何にも変わりはしません。でも、世間では老人の初心者マークを持たせたような、そんな気配がしています。

そして現実は、わたしはロートルとなって退職まで残すところ一年になってしまうと言うことなのです。

わたしが警察官になった三十七年前と言いますと、公務員の定年は五十五歳でした。ところが、現在に至る生活環境と食生活の変化は人間の体調も大きく変えることとなり、五十代で始まり出していた初老化の現象は間違いなく遅れることになったのです。

当時の五十歳と言うと、まさしく老人の雰囲気が十分にありました。

高齢化現象は健康寿命が延びたものだと言えるのでしょうね。

見た目の外観も併せて、体力などもおよそ十歳くらいは引き上がっていると思います。

わずか三十年程度で人間の体が進化したのだと感じます。

若い頃はアスファルトが溶けそうな炎天下でも、鼻水も凍りそうな夜でも辛抱して張り込みや尾行をやったものです。

ある容疑者を尾行したのですが、ヤサに追い込むまで丸四日かかりました。

川崎で張り込み中に見つけ尾行が始まったのですが、カプセルホテルに宿泊したり電車やタクシーを巧みに乗り換えて転々としました。

やっとの思いでした。ヤサに辿り着いたのですが、そこは常磐線の荒川沖駅からさらに徒歩で二十分もかかったのです。

その容疑者が荒川沖駅で降りた時間は終電でしたので、わたしにはもう帰る手段はありません。

尾行している時は一生懸命なのであまり感じませんでしたが、この時期と言うのが一月下旬でしかもこの冬一番の寒波がきた日だったのです。

取りあえず駅に戻りました。

三十年前の荒川沖駅前は何にもありません。しかも迎えに来てくれるような後方支援はなかったのです。

タクシーを使う手もあったのですが、茨城県の荒川沖から横浜まで帰る捜査経費はよっぽどの理由がなければ執行できませんでした。

つまり、荒川沖で途方に暮れるしかなかったのです。

この冬一番の寒さのおまけ付きです。

駅周辺を見回して、唯一外気から逃れそうなのは駅舎だけです。

当時、駅にはシャッターはなく終電後でも建物の中に入れました。

コートは着ていますが、この寒さにまったく歯がたちません。

路上生活の人が寒さ凌ぎにやっていたことを思い出してゴミ箱を探しました。

捨てられた新聞紙を集めるだけ集めて背広やズボンの中に差し込み、じっとしているとじわじわと体温が籠ってくるのが分かります。

尾行の疲れもあって眠気がありましたが、ここで眠ってしまうとヤバイ事になるのではないかと思ったりしました。

そこで役に立ったのが、尾行の時のアイテムとして持っていたウイスキーのポケット瓶です。

瞬時に酔っぱらいのフリができるんです。ウイスキーをひと口含むことでその効果があるのです。

ただ、この寒気でウイスキーをストレートで飲んでもけっして酔うことはありませんでしたが、体内から温かくなったのは間違いはなかったです。

いろんな経験をしている中で、なぜか思い出されるのは苦しく辛かったことが多いのはどうしてでしょうね。

もう、この歳になると体力の衰えはヒシッと感じます。

ところがまわりの連中は本音なのかどうか分かりませんが、

「若いですね」

などと言います。

どこをどのように見て言うのか。お世辞やおべんちゃらの類は御免被りたいものです。

鏡に映る自分の顔や体は、歳相応に変化していることを実感しています。

また、別な言葉として、

「あまり無理しないでください」

とも言われます。

気を遣ってありがたく思いますが、気を緩めて手を抜くことはしません。

定年のその日まで可能な限り、精一杯突っ走っていきたいと思っています。

みなさんもよく聞くフレーズだと思います。数十年も前の事について、

「当時のことが走馬灯のように思い出されてくる」

なんてことが、今のわたしの身にも起きているのです。

退職を目の前にして、これまでの刑事生活の中において取り扱った事件を思い出すのです。

刑事として駆け出しの頃の、溌剌としていた姿が脳裏に浮かびます。

わたしにもそんな時代がありました。いろいろと困難な事件も経験しました。

お宮入りにはなりませんでしたが、なかなかホシを挙げられなかったこともあり苦労したことが記憶にあります。

事件には、犯人にも被害者にも必ず人間模様があるのです。事件を調べていくうちに、それぞれの人間性に触れていきます。

犯人が判明する前のプロファイリングはそのひとつの例で、おおむねの犯人像を引き出します。

犯人にどんな理由があろうとも、犯罪として扱わなければならないのです。そこに私情を入れることは許されません。必ず徹します。

例えば、突発的な通り魔犯罪でも犯人には犯意としての気持ちが存在します。犯意のない犯罪は在り得ないのですが、曖昧な状況もあります。人が犯罪を犯すきっかけなのでとても重要な部分です。

ですから事件を否認していたり黙秘している容疑者には、犯行の供述を得るために慎重に向き合いました。

そして、

「自分がやりました」

との自供を引き出すのです。

事件の真相を明らかにすることは、被害者に報いることだと信じています。

思い出の中でも、強く記憶に残るものが幾つもあります。

特異な事件もありました。

少し話をしましょうか。

その前に、舌が良く回るようにしたいのですが、よろしいでしょうか。

一

酒というものは、この世の古今東西にいろいろ存在していますよね。

不思議なことに、地域や風土がまったく異なるのにも関わらず、それぞれの土地においてて生まれたのです。

原料になる素材についても、その地域によって多種多様に異なっています。

食材としていた物が自然に発酵してアルコールが生成することを発見したのです。

偶然だったんでしょうね。

それを思い切って飲んだのでしょう。相当な勇気がいることですよね。

結果、〝酔い〟ということを体感したのです。

まさに初体験するこの状態をどのように感じたのでしょうか。

本人はともかく周囲の人々はどのように受け取ったんですかね。

そして、いつしか人々はこの液体をある特定の時に飲む特別な飲料にしたのでしょう。

ですから宗教的な儀式や、医療として病気やケガの治療にも使われたような歴史もあるようですね。

なので、儀式的にお酒を飲んでいると言うと、説得力があるかもしれません。

熱帯地域と極寒の場所では、アルコールの抽出など製造方法がまったく異なるのは当然のことでしょう。

地球上の地域ごと人種ごとに、それぞれの酒が存在しているのかと思います。

もちろん原料となるものも異なるのです。世界中には、いったいどれだけの酒類があるのでしょうか。

人間の体に酔いという現象を与える酒を上手に飲むについては、いろんな観点からとても大事なことだと思います。

アルコールの度数なども破格的に高いものもありますね。

当然、飲んだことのない酒がたくさんあります。

わたしは酒の研究家ではないので語れるのはこの程度でしょうか。

ともあれわたしは、好んで飲むならば日本酒を常温でいただくのがこの上なく好きです。

端的に呑み助なだけですかね。

他の酒ですか。

まぁ、飲んでしまえば酔った状態はどれでも同じですが、やはり日本酒を超えるものはないと確信しています。

ただ世界中の酒の中では数種類の酒しか飲んだことがありませんので、比較するには偏見があり好み優先なのです。

日本酒はいいですね。味そのものと共に何とも奥深いものがあると常に感じます。

抽象的な表現ですが、悪しからず。

製造方法などその工程もそうなのですが、日本人の気質や日本の風土が生み出したこの世の最上のものだと考えます。

と言うことで、その素晴らしい日本酒のこれまた素晴らしく美味しいのを、やりたいと思います。

頂戴した日本酒ですが、秋田県産で新政の大吟醸です。

「あらまさ」と読みます。

米どころは酒どころですね。

日本国内における米の生産地は日本酒の産地でもあるのです。

だからどこに行っても美味しい日本酒に出会うことができます。

蔵元のない県はありません。

そして、そこには必ず美味しい酒があるんです。

世間に出回っていない幻のような日本酒も実際にあります。

量産しない理由もあるのでしょう。そんな日本酒を見つけて飲んでみたいものです。

その新政を持ってきたのは、わたしの部下なんですが秋田県に出張捜査に行ってもらったんです。

一週間現地に滞在して、いろいろ仕事をしてもらいました。

いい成果が出て、気を良くしたんでしょうか。

土産は禁止事項でしたが、わたしの酒好きがすぐに頭に浮かんだそうです。

と、言うことは彼は秋田で試飲したのでしょうね。

どこでどれだけ飲んだことでしょう。その味がわかってわたしの舌なめずりをする顔がよぎったのかも知れません。

わたしはモノに釣られることはけっしてありませんが、今回は黙って頭を下げました。

綺麗な包みに入った四合ビンです。

味わって飲むには適当な量ですね。もう飲む前から口に入ってきた瞬間を想像しながら封を切ります。

酒を飲むのには酒器にもこだわりを持っています。

いわゆる、ぐい呑みと呼ばれるサイズのものですが、実家のサイドボードにあったものを若い時に貰いました。

それが使われていないのは子供の頃から知っていました。

飾っているだけです。

綺麗なグラスだと思っていました。成人になったのを機に、

「お祝いは何もいらないから、これだけ貰うよ」

と言って、手に入れたのです。

それは江戸切子のグラスです。

現代の工法ではなく、まさしく江戸時代の手作業のカットです。

なので少々荒い感じもあるのですが、それが絵のように見えてくるものですから不思議です。

これにお酒を注ぎますと、どんな酒でも目で見て美味しくさせてくれます。

まるで魔法のようです。

手に持っても、わたしの手のサイズにぴったりなのです。

少し厚みのあるグラスは、ちょっとした量感が安心感を与えてくれます。

「もう、早くこのグラスに注いで飲みたい」

そんな、はやる気持ちを抑え次を考える。

ます。

「きょうの肴は、はんぺんにしよう」

スーパーで買った安いものだったけど、まったく問題はない。ほん少し醤油の焼き目を入れてから、わさびをちょっぴりつけよう。もうひとつのわたしのこだわりは、肴は自分で用意します。その日の気分で好きな酒を用意して、そしてこの酒には何が合うのか頭の中で描きます。

この段階で既に口の中では、唾が溢れそうになっています。

妻は最初は怪訝な顔をしましたが、今では自分の手が楽になるのでわたしにお任せです。

「台所に立つのはお酒を飲む時だけね。あなたは」

少し皮肉めいたひと言を浴びせてきます。相伴することもあるので、ビール党の彼女の口に合うものを作ったりします。

「ふーん。さすが呑兵衛ね。肴も上手に作るのね」

などと素直になれない妻は、ジョッキを片手にしながら食卓につくのです。

さあて、新政はわたしが全部いただけるわけです。

テーブルに置いた愛用の江戸切子に新政を傾けるとビンの口元から奏でる音で、何とも言えない味覚が想像できます。

人間の五感は情緒豊かに、その人の感性に磨きをかけて想像力を高めるのです。

まずは杯を高々と掲げて、この新政に関わった全ての人に感謝を示します。

ゆっくりと口に運び、
くいっ。

舌の上で風味を確認します。

ふわーっと、鼻に上品な香りが入ってくるのがよくわかります。

「想像を超えている」

これは、素直な感想です。

実に美味い。

もうひと口。

間違いなく美味い。

日本酒の風味がしっかり存在している。しかも、後味がさっぱりしていて日本酒感が強くない。

なんとも幸せな瞬間です。

そして、焼き目のはいったふわりとしたはんぺんを、適度な大きさに割って口に運びます。

パクリッ。

肴の選択に間違いはなかった。
口の中で溶けてしまいそうだ。新政にとても合っている。
ベストマッチです。
くぅー。
わたしだけ美味しい日本酒を飲んでしまって、すみません。
どうかご勘弁して下さい。
さあ、口も少し滑らかになってきましたよ。

二

わたしは健康面にはほとんど無関心でした。
若い頃からずーっとです。
定期健康診断にも、あれこれ理由をつけて行かなかったりしました。
担当係の人からはかなり厳しく注意を受けますが、まったく意に介さずでした。
ある年に署長命令ということで、無理やり検診に行かされたことがありました。
結果は火を見るよりも明らかですね。

血圧、血糖値、内臓脂肪、ガンマなんとかなどなどと数値オーバーでした。

おまけに視力まで落ちているという有様でした。

それを言うに事欠いて、

「自分の体は自分が一番よく知っている」

と言ってしまう、ダメなタイプの考えです。

しかし、見直すことはありませんでした。いつだったか忘れてしまいましたが、メタボリック症候群として指名をされました。

なぜわたしがその指名を受けたのか理由がわかりません。

「俺より太っている奴がいるじゃないか。あいつはコンマ一トンを超えているだろう」

もはや、難癖ですね。

すると担当者は言います。

「肥満とメタボの対応は異なるんですよ」

と言うことです。

腹回りが一定の数値を超えた人が該当するのだそうです。

数値が少し出たくらいで四の五の言われて頭にきました。

「なら痩せてやろうじゃないか」

そう言うことになります。

端的に食事の量を少なくすることが一番の方法だと思い、炭水化物を減らす作戦を選択して、ごはんをほとんど食べませんでした。

その効果はてき面でした。三ヶ月で七キロ落ちました。

そのおかげで腹回りも四センチ減ってメタボの指名からはずれることができました。

その節、担当の方には本当に御迷惑をかけました。

そういう反省はします。

自覚症状がなかったのですが、血圧が高いことも指摘されました。

原因は酒の飲み過ぎなんでしょうね。それと血糖値は判定数値ギリギリなんだそうです。

この点については我が家の血統がそうさせていることで、ダジャレ的な証しなのです。

気をつけないといけないなとは感じてはいます。

ナースをしていた叔母さんとたまに会うのですがとても厄介です。

すぐに血圧を測りたがるのです。測ると決まって言われます。

「あんた、驚くような数字が出たわよ。こんな血圧でよく生きているわね。薬だってどうせ飲んでいないんでしょうね」

ナースらしからぬ毒舌を容赦なく浴びせてきます。想定内のことではあるので医療

従事者の知識を借りて、

「よく効く薬を教えてください」

などと言ってその場を逃れようとするのですが、畳みかけるような追撃を受けてしまいます。

「あんた知っているの。あんたのおじいさん、つまりわたしの父親は高血圧が原因で死んだのよ。あんたはその系列にいるのよ」

わたしは、もう頭を掻くしかありません。

「わかりました今後気をつけます」

わたしの勝手な解釈ですが、高血圧に耐えられる血管を持っているのでしょう。ここは親に感謝ですね。でもこのことがナース叔母に聞こえたら集中砲火を受けて被弾することは間違いありません。

はやくこの話題を変化させないといけません。実はとっておきの素材があるんです。急場凌ぎなのですが、叔母が趣味で作る刺繍をほめることにしています。

「叔母さん。このあいだ貰ったハンカチが評判よかったよ。みんなにどこで売っているのか聞かれましたよ」

そうすると叔母は気を良くしてしかも目をキラキラさせて、自分の作品の自己評価を始めます。

「ほんとう。わたしお店でも始めようかしら」

わたしはしめたと、胸をなでおろします。

そんな風に叔母さんの猛追をはぐらかせて、健康な高血圧人間だと自負して今後も過ごしていくのです。

周囲の意見どおりにできない性分なので悪しからずです。

自分としては酒との付き合いは健康のための妙薬だと信じて、これからも永く続くことでしょう。

仕事から離れるとほぼ毎日毎晩欠かさずに酒を飲んでしまいます。

若い頃から習慣化してしまい、身体に染み付いてしまっています。

どんなに疲れていても、とにかくまず一杯やってしまいます。

ある意味では日常のサイクルなのです。今後も直せませんし、直す努力もしないでしょう。

三

わたしは所轄で刑事課長をやっています。所属といいますと、神奈川県警です。

警察的な階級でいいますと警部で、いわゆる中間管理職です。

この階級制度には良いところと、悪いところが存在しています。

まぁ良い面だとすると、昇任することによって組織の中で責任を持つことになり自分に自信がついてきます。

これは普通に考えると、縦割り社会の権力の象徴と言われるとおり階級順に意見や指示が伝わることです。

言葉を換えると統制なのです。

一方ではその討論となるものですが、治安の維持ですからその基本は変わることはありませんが、警察署によっては独自性を持つことがあったりします。

全国津々浦々では環境が変わることもあって、臨機応変に対応していく必要が出てくる場合もあったりします。

そのため活動方針について若干変わることは現実にあるわけです。

警察単位では犯罪発生統計などに基づいて活動内容が他署と異なることは、有りがちなことなのです。

独自性とも見られがちですが、署風と言われたりしています。これが管内の実態に即した活動となるのです。

警察の活動の効果をあげるための方策だということができます。

ところが階級制度の悪い部分は、階級が上がって権力を持つことで独善的になってしまうことです。

署内トップである署長が、ひと声発することで方針が変わるのです。

とある署に良識のない署長がいました。

階級を振りかざす人ですね。

署員はその強権によって業務がかき乱されてしまいます。

「署長の俺が言っているんだ」

絵に描いたような悪いタイプです。

そのような署長が在職している限り、その悪策が常に付きまといます。

よほどのことがない限りその署長を辞めさせることができません。

現在ならばパワーハラスメントとして、問題視できるのですが、わたしの若い頃はなるようにしかなりませんでした。

公務員法によって処断する方法もあるのですが、これもなかなかできるものではありません。

刑事罰が与えられるような事案があれば別なのですが。

なので、人事異動に乗せてもらうか、時が過ぎてその署長が退職するのを静かに待つのです。

残念ですが、それしかありません。

幸いにもわたしはそのような馬鹿野郎とは会ったことはありません。ですが、どこの社会にもこのような現象はあるのです。最悪な悲劇的結果がもたらされたことが報道されたりしました。

これは組織構成と対人関係の一致しない社会構造の誤りだと思わざるを得ません。警察の昇任は知識レベルの筆記もあるのですが、人が人を選ぶわけです。選ぶ側には是非とも最良の人が存することを祈りたいものです。

これ以上言うと批判になりかねないので、この程度でやめておきます。わたしの理念に反しますね。まずは自分の職務を精一杯尽くすことにあると思います。

わたしの同期生の中には既に何年も前に署長になっている奴もいます。

同期会があると、

「俺が組織を動かしているんだ」

みたいな顔で自信たっぷりの態度を見せたりします。

若い頃はそうじゃなかったろう。と、言いたいところをぐっと我慢しておきます。

わたしは心の中で、

「お前たちは、是非良識を持ち人間味のある署長であってほしい」

と、願っていたものです。

逆にまだ巡査部長や警部補でとどまっている者もいます。

昇任意欲がないといいますか、タイミングが外れるとなかなか軌道に乗らないようです。

人には人の生き様があるものです。

余計なことかも知れませんが、わたしなりの人生訓があります。

実はわたしにも署長になることを考えた時期がありましたが、それはやめました。

わたしの本領は、刑事として事件を追いかけることにあったのです。

事件の現場を見て、現場の匂いを嗅ぎ、現場の風を受け、常に現場を感じることが、生きがいのようになっていました。

警察の本分として人々の安全を守るために事件を発生させないことが第一です。

発生してしまった事件にはしっかり対応して、早期に解決を果たして治安を維持継続していくことです。

これこそが安心して暮らせる生活の基盤であるのです。

そしてもうひとつ。

将来のために部下をしっかり育てることです。

組織を強固に築きその上で、人々を守っていくものなんです。

これが、もっとも大事なことだろうと思っています。

人を育てることは、とても難しいことなんです。

文字や言葉によって伝わることはもちろんあります。

それ以外にも、全身全霊、一所懸命に仕事に向き合うことです。

このような姿を見せることが本当は大事なことなんです。

それを見て感じることができれば、人はおのずと育つと思っています。

これは信頼していた上司から言われた言葉なんです。

わたしはまさしくこの上司を見て経験を積みました。

以来これを受け売りにして、わたし自身の言葉に変えて部下たちに伝えています。

ずっと将来に向けて継承されていくとうれしい限りです。

四

刑事は発生した犯罪の性質によって分類されるんです。

みなさんはよくご存知ですよね。

殺人や強盗、放火など強行事件と呼ばれる犯罪は捜査第一課が担当します。江戸時代の〝火付盗賊改メ〟でしょうか。

続いていわゆる知能犯罪です。なぜこのように呼ばれているのか。詐欺罪に代表されるように、人を騙し陥れるにはいろんな風に頭を使うからなのだそうです。

他の犯罪も頭を使っているでしょうが、知恵を出しているというイメージなんでしょう。

他にも贈収賄、選挙違反などを担当するのも捜査第二課です。

次に財産犯と呼ばれるような、他人の物を盗む窃盗犯罪です。とても身近な犯罪です。

空き巣やスリ、泥棒の事件は捜査第三課の仕事ですね。

捜査第四課は、今は組織犯罪対策課などに分かれています。暴力団が関係する事件を主として扱います。俗に〝マル暴〟などと言われていましたね。

みなさんも知っているとおり、外国人の来日が増加している昨今は、当然外国人の主犯犯罪が激増しているし、コンピューターに関係するハッキングやサイバーテロなど、特殊技能技術が必要とされる犯罪が増しているため、民間企業からの出向などを行ないながら対応しているのが現状です。

このように刑事が専門分野ごとに事件を処理しているのです。

ですが署の実状によっては、刑事が専門を越えて全員で取り組むようなこともあるわけです。

刑事という職種はかなりハードな仕事です。いわゆる3Kと呼ばれた代名詞的な職業のひとつです。

事件の発生があれば、どんな時間帯でも呼び出しがあります。

休日でも、深夜でも、明け方でもそうなのです。

だから刑事たちは即対応できるように、常に心構えとしています。

例えば飲酒するときは報告しておく必要があります。

「今夜はお酒を飲むので、呼び出しに即応できません」

こんな自己申告をしておかないと、飲酒状態で呼び出されることになります。

まぁ、深酒は禁物ですね。


所轄の刑事課長の立場では、扱っている事件は全て把握しておかなければなりません。

管内の犯罪発生状況についてもそうです。結構大変な仕事になるのですが、わたしには特にしんどいという感覚はありません。

なぜか本当に使命感が湧いてくるのです。

そして、これぞわたしの仕事だという気分にさせられて、充実した心持ちになったりしました。

署長になってしまって、組織管理に埋没してしまうと、なにか物足りないような気がするんです。

だから、今のポジションが十分自分に合っていると思っています。

五

申し遅れました。

わたしは、長谷川恵三といいます。

ケイゾウではなく、メグミと読みます。

「はせがわめぐみ」

これが本名です。

親の命名なので文句は言いませんが、いろんなところで誤解を生んできたことは、想像がつくのかと思います。

今でも、役所や銀行などでは受け取った札の番号とともに名前を呼んだりするんです。

「ハセガワ　メグミさん」

ご丁寧に二回も呼ぶときがあります。

フロアにいる人たちは、ごく自然に椅子に座っています。

そこでやにわに立ち上がったのが、このわたし。

ザワザワ

わたしの歩く様子を視線が追いかけるのが気配でわかります。

慣れてはいるんですが、気恥ずかしい思いをしていることがご理解していただけるでしょうか。

気性は温厚でソフトだと自認しているのですが、どうもガラッパチなところが元来あったようです。

ですので荒っぽさがないように、努めて分かりやすい言葉を選びたいと思います。

仕事のせいにしたくはないのですが、事件の扱いでは犯人も被害者も関係者も、いろんな人がいました。

そんな人たちと鼻っ面を合わせますと、言葉遣いも若干強い口調になったりするのは、やむを得ないところもあるわけです。

例えば、前科が十もあるヤクザを相手に、

「殺したのは、あなたですか」

などとは、聞けませんよね。

ある程度はドスが利いていないと、なめられてしまうものです。

「おい。てめぇ。刺した道具はいったいどこにやった」

「この野郎。お前の目的はなんだ」


このような訳です。


でも、いつもではありませんよ。

つい乱暴な口調になってしまうのは、相手次第なのです。

だからなんとかして努力して、なるべく丁寧に話をしていきたいと思います。

ただ日常化してしまい、ごく自然に口に出てしまうことがあるかもしれませんので、ご容赦してください。

刑事部屋では、同僚間の会話でも当たり前のように、

「てめぇは昼メシどうすんだ。この野郎」

「そうか、もう食いやがったか。馬鹿野郎」

と、聞くに耐えられないような発言が飛び交っています。

もっと紳士的に常識のあるような言動はできないものか。

「てめぇら、もっと品のある言い方をしろ。人が聞いたらまるで喧嘩のようだ」

ビシッと、言ってやります。

わたしとしては、

「君たちの言葉遣いは、あまり良くないよ」

と、言ったつもりです。

注意はしているのですが、彼らが直すのはその時だけです。

配属したての新人警察官が、書類を届けにきたときです。

刑事部屋での日常会話を目の当たりにすると、目をパチクリしている様子があって、おもしろいものです。

やがてこの新人君も、現場で揉まれてこのような会話について来られるようになるんでしょう。

それにしても、いつもこうではありませんよ。

やはり相手によってですから、お間違いなきようお願いします。

先ほども言いましたように、退職まで一年を切ったロートルですが、若いときは行け行けドンドンの調子でした。

虚勢を張っているつもりではないのですが、多少強気の態度を示さないと、仕事にならない場面はけっこうあるものです。

荒っぽく対応することもありましたけれど、刑事ドラマのように殴ったり蹴ったりはしません。

けれども、激しく抵抗するような場合は、ある程度の実力行使はしました。

しかもそれは必要最小限度ですが、わたしに対して逆恨みをする奴もいたりしました。

夜の繁華街では、わたしのことを、

「鬼のけいぞう」

だとか、

「鬼ケイ」

などと、そんな風に呼ばれていました。

実際は、メグミですけれども。

なにかくすぐったい気がしましたが、わたしは満更ではありませんでした。

睨みが利くことで効果もあるんです。

事件があってわたしが出張っていくと、荒れていた現場が静かに収まってしまうことも、しばしばありました。

事件を早期に解決させるためにも、必要な手段になったわけです。

また、こんなこともありました。

仕事帰りに、ちょいと一杯やっていこうとしたときです。

入った居酒屋に、チンピラどもがいました。すると、わたしの耳に、

「鬼ケイが来やがったぜ」

などと、ささやく声が聞こえてきます。

わたしの方に背を向けていますが、苦虫を噛みつぶしたような顔が見えるようです。

わたしには相手が誰なのかは分かりませんが、その風貌などからして、わたしたち刑事を毛嫌いする輩なんだろうなと思いました。

わたしはまったく気にせずに、ひとりの客として酒を美味しく飲んでいました。

二杯目を頼むときに店長がわたしのところに来て言いました。

「鬼ケイさん。ありがとうございました」

何の意味なのか分かりません。

「なにかあったの」

さりげなく聞きました。すると店長は、

「ええ、先ほどの客は、近藤組の人なんです。今までも店内でトラブルを起こしていたんです。でも鬼ケイさんが来ていることを知ってもう帰りました。もう来ないでしょう。ありがとうございました」

わたしは何もしていませんが、店側としては助けられたと感じたようです。

暴力団の若い者が出入りしていたことは、店からみかじめ料でも巻き上げようとでも企んでいたのかもしれません。

ただ、このような状況はとてもレアなケースです。

わたしを見てすぐにいなくなるのはいいのですが、連中によって暴力刑事のような評判がたちました。

まるでわたしが悪者のような気にさせられたものです。

とんでもないことです。

お門違いもここまでくると笑ってしまいます。

テレビドラマでもあるまいし、現実の捜査現場では暴力は絶対にありません。

相手によほど抵抗された際にでも、最小限の抑止にとどめるのが鉄則です。

まずなにしろ、こんなんでは警察の威信にかかわります。

まるで違法な捜査が行なわれているような、間違った風評ですね。

わたしは、これではいかん。と思いました。

ならば、

「ホトケのけいぞう」

この路線で行こう。

一八〇度の方向転換をしようと決意しました。


いわゆる、イメチェンです。

わたしのスタンスがすっかり変わっています。

このことで、おもしろい現象が起こりました。

わたしのことを知っている奴の事情聴取をしているときのことです。

そいつは、わたしの態度に接してこれには何かあるのだろうと、勝手に読み違えてしまいました。

奴は奴なりの思考をしたのでしょう。


すんなりと自供しました。


おまけに余罪までペラペラと明らかにしてしまいました。

妙な効果があったものです。

けれども、今はすっかりと、

「古ぼけけいぞう」

「フルケイ」

になってしまいました。

この歳になってくると、少しは落ち着きが出て冷静になることができます。

いろんなことがよく見えるようになってきたのです。

若い頃のわたしのようなイケイケの部下を持ったことがありました。

そんな時は、

「木を見て、森も山も見ることが大切なことなんだ」

と、もっともらしいことを言って、指示を与えていました。

まさしく自分自身に言い聞かせているような変な気分になります。

誰かに背中を突っつかれているようにこそばゆくなって、ひとりで苦笑いが出てきていました。


わたし自身はもともと、殺人などの強行事件を担当する刑事です。

先ほども言いましたように、人数の少ない所轄では専門外の窃盗事件や詐欺事件などにも、対応しなければなりません。

事件の発生があれば、当然全部処理しなければならないのです。

もっぱら部下の刑事たちが動くのですが、わたしは一緒に切磋琢磨しながら、事件解決のために粉骨砕身の努力をしているのでした。

まあ、これがわたしの生きがいと言えるのです。

六

さて、やっとここから思い出の話になるのですが、どうもわたしは話が脱線する癖があるようです。

せいぜい気をつけてお話をしたいと思います。

それにしてもこの新政という日本酒は美味いですね。

日本酒らしい香りがすることが、よく分かります。

とても飲みやすいです。

くぃっ。

「うーん。美味い」

いやいや、話を進めましょう。

犯人や被害者の名前などは忘れてしまいましたが、事件の概要はわりと覚えているものです。

特に、被疑者が否認したり黙秘した事件は、解決するまで時間や手間が余計にかかるので、印象として残るのです。

その中でも強く記憶に残っている事件のひとつです。

それは刑事になりたての新人の頃に起きた事件です。

刑事一年生のわたしは、とにかく無我夢中でした。

発生した事件はすべて自分が携わりたいと思っていました。が、物理的に無理なのは当然のことです。

でもそれくらいの意気込みだったのです。ですからわたしの鼻息が荒かったのは、もうこの頃から始まっていました。

その頃に配属になった署は、横浜市でもやや郊外にあって、宅地開発が進められようとしていました。

既に駅が作られており、新幹線が停車することで、大阪方面へのアクセスが良くなると同時に駅を中心とした都市整備が計画されていました。

でもこの時は、まだ駅がポツンとあったような閑散とした街並みでした。街と呼ぶには、いささか無理があってまさにこれからという様相でした。今では駅の周辺はビジネスシティとなっていて、ビルがびっしり立っています。それに伴い住宅も建設されていますし、日中の稼働人口は数万人になるような、大きな街に変貌しました。

当時の面影がまったくありません。

事件は、そんな新しい街になりつつあった開発し始めた場所で起きました。少しずつ鉄道沿線の開発が進んできておりました。住宅が増えつつあるようなそんな頃で、旧来の住宅街と新興の土地開発がはっきりと分かれていました。最寄りの駅まで歩いて二十分くらいの場所にあった、木造モルタル作りの二階建てアパートの一室が現場です。

アパートの構造を少し説明しますと、一階二階とも六室で計十二室を有しており、築十年ほどでまだ新しかったですね。

間取りは、いわゆるワンルームです。玄関を入るとトイレと風呂があって、八畳ほどの部屋に続きその横には三畳のキッチンがあるオーソドックスな作りでしたね。

単身で住むには十分な部屋です。ですから全室独身の男性が居住していました。

空室はありません。

入居者の半数は大学生でありました。

そのアパートの一階に居住する大学生が、包丁で胸を刺されて死亡していたのです。


殺人事件です。


事件の認知は、この殺害された男子学生と付き合っていた女性からの通報でした。

つまり、この事件の第一発見者です。

概要は次のとおりです。

女性は事件のあった前の日に、被害者の男子学生の部屋を訪れていました。

ふたりは恋人同士です。

女性は部屋に泊まって、一日中過ごしていました。

名前はどうしても思い出せません。忘れてしまったので悪しからずです。

なので、仮に被害者を『荒川剛介さん』、女性を『渋谷ちさとさん』と呼ばせていただきます。

渋谷さんは一晩泊まって、それはそれは楽しく過ごしたに違いありません。

夕方になって渋谷さんは帰宅することになりました。

荒川さんに駅まで送ってもらいます。

ふたりは別れを惜しみながら、手を振り合っていました。

荒川さんも、この二日間の素晴らしかった時間を思い出して、電車が見えなくなるまで見送ったのでしょう。

渋谷さんにしても、

「わたしは、どうして家に帰らなくてはいけないの。あなたとずっと一緒にいたいのに」

そんな風に思っていたことでしょう。

次の日になり、渋谷さんは荒川さんに電話をかけたのですが、まったく出なかったのです。

繰り返し繰り返し、何度も何度も電話をかけました。

その結果は同じでした。

「どうしたのかしら。具合が悪いのかしら」

「よし。彼のアパートに行こう」

即、決めたようです。

「なにかあったに違いない」

渋谷さんは心配が募りました。この日は大学での授業がなく部屋にいるはずだったからなのです。

そして、いつもの荒川さんは電話には必ず出ました。

この事件は昭和六十年頃の発生でしたので参考までに言いますと、まだ携帯電話は普及していませんね。

やっと、肩掛けタイプの電話があったくらいで、しかも値段も通話料もかなり高額でした。

七

渋谷さんは、不安な気持ちを胸に抱えて恋人のアパートまでやってきました。

ドアには鍵がかかっています。

それでもドアを叩き、名前を呼んでチャイムを鳴らしました。

しかし、部屋の中からは何も反応がありません。

荒川さんは渋谷さんに合鍵を渡していました。

渋谷さんは、その鍵を使ってドアを開けようとしました。

ドアは廊下側に向かって開きます。つまり渋谷さんはドアノブを自分の方向に引くのです。

「剛介さん。いるの。どうかしたの」

恋人の名前を呼びながら、ドアを引きました。

引く手は、なぜか十センチくらいで途中で止まりました。

何かが引っかかった感じです。

わずかに開いたドアの隙間から玄関内を覗くと、荒川さんがいつも履いているスニーカーが見えています。

外出はしていなかった。

「変ね。なぜ電話に出なかったのかしら」

もう一度ドアを引いてみた。

やはり引っかかってドアが開かない。

玄関の中をもう一回覗いた。よく見ると内側のドアノブには、細い紐が結ばれていたのです。

「なんで」

渋谷さんは不審に思いながらも、力を込めてノブを引きました。

ドアノブに結ばれた紐はピーンと張りつめたところで、何かが外れる感覚でドアが開きました。

部屋の奥で、

ガタン

何かが落ちたような音が聞こえてきました。

渋谷さんは用心して玄関の中に入っていくと紐の先は、キッチンにありました。

さらにその先端は、床に転がっていたライターにつながっていたのです。

渋谷さんは、

「何これ」

とても不審に感じました。

そしてよく見ると、ガスコンロのホースが抜けています。

とっさに、ガスの元栓を閉めてドアを開放しました。

この時に渋谷さんの頭には、恋人が故意にガスホースを抜いて自殺を図ったのだと直感したそうです。

「大変なことになっている」

そう思いながら、荒川さんの名前を呼びつつ、室内に入っていきました。

「剛介さん。いるの」

その時です。

血だらけの恋人の姿が目に飛び込んできたのです。

「キャーッ」

なんと、胸に包丁が刺さったままの姿で、荒川さんがベッドに横たわっていました。

八

すぐに殺人事件の捜査体制となりました。

現場のアパート周辺は騒然です。

殺人事件のような重大事件には、署員のほとんどが駆り出されます。

刑事は全員、当時は防犯課と呼ばれていた生活安全課、交通課に加えて警備課と交番勤務員で非番ではない者。

職務に影響のない最大限が投入されます。時には、デスクワークの警務課まで、ほぼ全課におよぶ警察官たちが、一挙に事件情報の収集に奔走します。

当然、本部の捜査第一課の連中も入ってきて、

「これは俺たちの事件だ」

みたいな勢いでやってくるのです。

この連中は我がもの顔で振る舞うので、わたしは気にいらなかったものです。

しかし、これが組織体制なので、仕方がないことですね。

この時の現場を仕切っていたのが当時の県警に、この人ありと言われていた中野巌警部でした。

この名前を見るとおりです。

名は体を表すのたとえのように、堅固で強くたくましく、そしてきびしい人でした。

まさに、巌のごとく、

〝刑事の中の刑事〟

とか、

〝刑事の職人〟

などと呼ばれていたのです。

それは、まさしく称号のたとえであって、わたしにとっては憧れの象徴であったものです。

中野警部とは、この事件後も何度か別の事件を一緒にすることがありました。

駆け出しだったわたしをなぜか可愛がってくれて、わたしも中野警部を〝師匠〟として意識し、その背中を追いかけました。

わたしの刑事人生に影響を与えたのは間違いありません。


話を事件に戻します。

被害者の荒川さんは、ベッドの上で眠っている姿勢で、凶器の包丁が胸に刺さった状態で死亡していました。

多量の出血がベッドを濡らしていました。

胸からは包丁の柄が見えているだけなので刃の部分は体の中に入っています。

刃の先は背中から出て、ベッドに刺さるほどです。

相当な強い力で刺したことが、うかがえます。

早速現場では、証拠物の収集のため鑑識活動が開始されます。

鑑識課員は、死体の状態や犯行現場である室内のすべてを調べて犯罪の証拠を集めるのです。

それは事件解決のためです。

事件解決というのはつまり、犯人を捕まえるということです。

目に見えないような、ミクロの世界まで行なうので大変な作業になります。

そして写真などの記録に残して、犯人逮捕後の立証の備えにするのです。

現場での鑑識活動が終わると、遺体は司法解剖のために監察医に搬送されていきます。

そこでは死因の判定や、死亡時間などが推定されます。

ここで重要なことは、犯人が直接あるいは間接的に行なったことで死亡に至った理由なのです。

そしてその時間です。

それは、犯行の時間になることが多いため犯行推定時間が明らかになります。

犯人のアリバイ関係につながっていくのです。

この事件では、凶器は包丁によるものです。

包丁は左胸にありました。

心臓を貫いていて、多量の出血が原因でショックによるものとして、死亡の主因が報告されました。

鑑識活動は建物の周囲から、建物内へと徐々に絞り込んでいきます。

初期段階では、なにはともあれ広範囲にスペースを作ります。

そして、出入りを必要最小限度に制限するのです。

捜査員についても、鑑識活動が終了するまでは勝手に立ち入ることはできません。

侵入口、逃走経路の有無などについて確かめるのです。

室内ではさらに念入りに、犯人に結び付く痕跡の採取を行なうのです。


犯行現場である室内に入ります。


渋谷さんは、荒川さんから渡された合鍵を使って玄関ドアを開けました。他に鍵がない限り部屋の中にはいることはできません。

このことで考えられることは、前の居住者が合鍵を返していないことがあげられると思います。

しかし、アパートを管理する不動産屋によると、入居者が転居するごとに鍵は換えられているそうです。

この段階での疑問の一個目です。

犯人の侵入は玄関ではない可能性があるということです。

今の疑問を踏まえつつ、玄関から室内へと向かっていきます。


仏さんになった荒川さんが、自分のベッドの上で横たわっています。


わたしたち捜査員は、静かに手を合わせて荒川さんのご冥福を祈るとともに、この事件の解決を約束するのでした。

部屋は女性が出入りしていたこともあって男子学生が居住する割には、きれいに整理整頓されていました。

散らかっている様子は、まったくありません。

ですから室内には争った形跡はみられないわけです。

そして、仏さんにも防御の傷がひとつもなかったのです。

要するに、仏さんは犯人に対してまったく抵抗していなかったことになります。

そうなると考えられるのは、仏さんは熟睡していて無防備なところを、包丁を振りかぶった犯人が左胸をめがけて、

グサッ

と、ひと突き。

そんな画が見えてきます。

ここで、ふたつ目の疑問点が浮かび上がってきます。

なぜ犯人は、荒川さんが寝ていることが分かって部屋に侵入することができたのか。ということです。

さらに、この事件の一番の特徴なのが、犯行現場である室内に巧妙な工作が施してあったことでした。

恋人の心配を胸にして部屋に入ってきた時に渋谷さんが見つけたドアノブの紐は、どういうことなのだろうか。

どんな状態になっているのか観察してみます。

室内側のドアノブに結着されていたのは、直径が約五ミリのビニール製の紐でした。

雑貨店で売っているような洗濯物を干す際に使うような物です。

紐の先は、ガムテープで固定した電子ライターのスイッチ部につながっていたのでした。

どうして、こんな工作を。

犯人にいったい何の目的があったのだろうか。そして、その理由は。

これがみっつ目の疑問です。

観察をさらに進めると、キッチンのガスコンロからホースが抜かれていたのです。

この状況だと誰でも分かるような結果が見えてきます。

ガスコンロのホースが抜けていることで室内はガスが充満していますね。

そこへドアが開くと、内側のドアノブから伸びた紐で引っ張られて、

カチッ

電子ライターが着火します。すると、充満したガスに引火すると、

ドッカーン

ガス爆発が起きます。

いえ、起きるはずでした。

犯人としては、その予定だったのでしょうね。

これが、よっつ目の疑問となりました。なぜ爆発が起きなかったのか。

単純に考えてみると、爆発が起これば室内がメチャクチャになるはずです。

ましてや、火災に発展すれば部屋はおろか建物全体に火が移りますと、最悪だとアパートが全焼となるおそれがありました。

当然、いろいろな痕跡が焼かれてしまいますよね。

殺人につながる証拠が燃えてなくなってしまうことに違いなかったのです。

犯人にしてみれば、証拠隠滅の完璧な構想だったのだろうと思います。

基本として捜査は現場を観察することによって疑問点を見つけ出すことです。

その疑問点を解明することで、徐々に犯人に近づいていくのです。

こうして、その疑問点を解明していくようにしながら捜査が始まりました。

みなさんは、捜査を行なううえで一番重要なことは何だと思いますか。

犯人に直結するものは、何と言っても目撃証言です。

「あの男が、あの人を包丁で刺したのです」

どうですか。

これは、まぎれもなく揺るぎ無い犯罪の目撃です。

犯人と被害者、それに犯行の様子を見ているのです。絶対的なものですよね。

このような目撃情報があれば、事件の解明は楽なものです。

ところがこの事件は、被害者がアパートの自室内で寝ているところを殺害されていたのです。

しかもその部屋の玄関ドアは施錠されていて、外部からの侵入形跡はありませんでした。

いわゆる密室状態の部屋だったのです。

荒川さんの部屋はアパートの一階ですので居室の窓をこじ開けると侵入はできますが、そのような痕跡はありませんし、内側からしっかり施錠がされていました。

まさに外部からの侵入は不可能です。

では、室内を徹底的に調べることになります。

玄関のドアノブの紐とガスコンロの関係ですが、先ほども言ったように爆発を工作しようとしたのであれば、これは殺人を犯すために計画された事件だということです。

それにしてもガスのホースが抜けていて、ガスが充満されたであろうこの部屋でなぜ爆発が起きなかったのでしょう。

まず、ガスは確実に供給されています。

それは、渋谷さんがガスの元栓を閉めた際には、
シュー
と、ガスが出ている音が聞こえていたそうです。

ライターが着火しなかったという仮説は除くとして、捜査からの科学的な結論を出さなければなりません。

この時、中野警部は言いました。

「おい、君。このアパートのガスは何を使っているのか調べてくれ」

わたしは指示を受けて、アパートの外回りを見に行きました。

アパート脇の地中からガス管が出ています。そして分配器を通じて各部屋に配られていました。

その分配器の表面にはしっかりと、都市ガスと表記されていました。

このアパートが立っている一帯は都市ガスの使用地域だったのです。

横浜市でも郊外だったのですが、早い時期に、都市ガスが整備されていたのです。

このアパートにも、都市ガスが引かれていました。

科学の学習ではありませんが、勘のいいみなさんには、もうお分かりですね。

そのとおりです。


都市ガスの成分は、空気より比重が軽いのです。

中野警部は、いち早くこのことに気がついたわけです。

都市ガスは、漏れると上の方に溜まっていくのです。

参考までですが、プロパンガスはその逆で比重が重くて下方に溜まるのです。

そもそも、紐で引っ張り、たった一回でライターを着火できたのかどうかが疑問ですよね。

まして、ガス台より低いところに工作したライターによる着火によって、充満したガスに引火させることにも疑問を感じます。

隙間などにも目張りをして、完全に密閉になった状態なら分かりますが、ここはモルタルで塗られた木造の建物です。

それこそ隙間がいたるところにあります。

むしろ一番危険だったのは、二階に住む人だったのかもしれません。

荒川さんの部屋の天井に溜まったガスは、少しずつ上の階に漏れ上がっていくわけですね。

何かのはずみで引火することがあったのかも。そう思うとぞっとします。

事件とは無関係の人が巻き込まれるわけですから、いたたまれません。


このガスに関連する捜査は、科学的な根拠を得るために聞き込みを行ないました。

ガス業者や消防局の関係者にお願いしました。

都市ガスが室内に充満した状態の場合、充満しすぎると燃焼するための酸素濃度が足りなくなって、着火しなくなるそうです。


実際に実験して検証しました。


犯行現場である、荒川さんの部屋を再現させて、電子ライターに結んだ紐の状態など忠実に作りました。

この当時としては異例な捜査ですよね。

警察本部長も、この事件のトリックのような作為を特異なものとして認めてくれたそうです。

ゆっくりと紐を引っぱると、ライターには確かに火は点きました。

しかし、渋谷さんがドアを開けた時のように勢いよくすると火は点きません。

何度も実験を繰り返しました。タイミングも影響するのでしょうね。

ドアを開けて一回で着火することは、ありませんでした。

この実験は、証拠物件である現場に遺留された実際の物と同じ物を使用したので、信憑性はあります。

さらに、都市ガスを充満させた中でライターを着火させてみます。

どうなったと思いますか。みなさん。

やはり酸素不足でしょうか、引火することはありませんでした。

では、どの段階で引火するのか確かめるために、少し窓を開けてみたところ、見事に大音響とともに爆発してしまいました。

つまり、ある程度の酸素の存在で火が燃えることであって、そこにガスが加わってこそ持続するわけです。


犯人はここまで深く考えなかったのでしょう。

犯人のミスによって、大参事を招かなかったのです。

このことは、わたしたち刑事にとってはとてもラッキーだったのです。

なぜかと言いますと、まずは火災や爆発での被害がなかったことです。

そして、それに伴う犯罪現場の破壊がなかったことですよね。

犯罪現場がそのまま現状で残っていることは、証拠がそのまま残っているということです。

証拠が在るか無いかでは、まったく捜査の展開が違うのです。

まあ、そんなわけでガス爆発のトリックは、犯人のミスということによって解明することができました。

九

犯人としては、誰が事件を起こしたのか分からなくするには、いったいどうしたらいいのか。

相当考えたに違いありません。

犯行現場ごと破壊してしまうことがガスの爆発によって叶うはずだったのです。

ところが、手が込んだわりには詰めが甘かったのです。

爆発は起こらず証拠はそのまま残り、捜査が己の身に近づいていくことになるのでした。

その残った証拠を収集して、わたしたちは疑問点を次々と暴いていきました。

そこでやはり犯人と言うべきミスが露呈されていくのです。

それは、幾つかありました。

そのひとつ目をこれから説明します。


こうして、酒を飲みながら話していると、ひとりで手酌なんですけれど饒舌になってくるもんですね。

この新政の大吟醸は喉越しが良くていくらでも飲めそうですが、如何せん四合ビンですので大切に飲みます。

わたしの部下に、ものすごいうわばみがいるのですが、ある時の飲み会の幹事を彼が担当しました。

わたしたちの安月給の飲み会ですから、極めて安価にするのが定番になっているのです。

時間はおおむね二時間でしょうね。お開きになり幹事になったうわばみ君が言いました。

「えー。ひとり五千円いただきます」

うーむ。

少々高いな。

この程度の料理にしてはどうなんだろうか。せいぜい三千円くらいだろうと、値踏みしていました。

他の連中もわたしと同じ感覚を抱いたに違いありません。

少し不満を言う奴が声にしました。

「おい。レシートを見せてみろ。注文が間違っているんじゃないか」

うわばみ君は、ドキッとしたのでしょうね。目が宙を泳いでいました。

恐る恐るレシートを取り出しました。それを受け取るとみんなで覗き込みました。

上から順に注文した品を確かめるようにして、食べた料理を思い浮かべます。

「あれ。十四代を頼んであるぞ。誰か飲んだか」

この声を聞いてわたしは、酒席を供にした八人の顔を見ました。

八人とも互いに顔を見合っていますが、誰もが身に覚えがありません。うわばみ君を除いては。

すると、うわばみ君は、

「すみません。自分が頼みました。どうしても飲みたかったので。このような機会じゃないと飲むことがないものですから」

そんなことを言っていました。

飲んでる途中ずいぶん飲み口のいい酒が出てきたと感じたことを思い出しました。

そうか、うまい酒を用意していると思ったのは、うわばみ君の配慮というより彼の術中にはまってしまったわけでした。

それでみんなも納得しましたが、上等な酒を頼んだら言ってくれという意見もありました。

心構えがあると言っています。

これから美味しい酒が喉を通るんだと認識させることで、銘柄と味覚を同一化する作用が生じるんですかね。

これにはわたしも妙にうなずけました。

あー。いけない。

話がずれてしまいました。どうもよろしくない癖ですね。

元に戻します。

犯人のミスによって明らかになったことは、侵入口といいますか、逃走口ですね。

室内は完全な施錠状態ですので、犯人は必ず逃げ道である出口を設けなければなりません。

犯行後、既にドアに紐を結ぶ工作をしていたので、玄関ドアから出ることは不可能なことになります。

窓から外に出ることはできますが、絶対に外から内側の施錠をすることはできません。

部屋から出るには、普通ならばドアか窓のこのふたつしかないのですが、今の状態は普通ではないのです。

それでは、他の場所を調べなければなりません。

取捨選択することになりますね。もはや選べるのは、上の天井か下の床のどちらかになります。

上に昇るか、下に潜るか。

ものすごく単純な消去法です。

密室状態の部屋から脱出できる場所は、あるのか。

床と天井を確認しました。

わたしたちは捜査のプロなので、あらゆる可能性を探します。

部屋の作りはワンルームですので、ほぼひとつの空間です。

探すにしても、とても限られたものです。

それでもひとつひとつ手探りで確認して可能性を見つけ出します。

床はフローリング加工で床下の収納スペースもなく、蟻の入る隙間もないのでここは消去します。

残るのは天井です。
リビング、キッチン、バスルームの天井をチェックしていきました。
どこにも異常はありません。
おかしいな。
どこかに必ずあるはずだ。
まだあった。
リビングに併設されている押入れがありました。
その中に体を入れて天井板を手で押してみました。
ガタン。

どうでしょうか。
わりと軽い力で天井板が動いたのです。
厚さ五ミリくらいのベニヤ板が動きました。
そして、ゆっくりと天井板を押し上げていきます。
するとどうでしょうか。
人が入っていけるくらいの空間ができたのです。
天井板を止めていた釘が抜かれていたのでした。

この様子を見ていた捜査員たちは顔を合わせて、アイコンタクト。

ニヤリ。

「ようし、ここだな」

板をずらしてライトで照らしながら天井裏に頭を入れると、うっすらと積もった埃が、こすれていることがわかりました。

中野警部は、身体の小さい鑑識課員を呼びました。

「ホシはここから出入りしたようだ。このこすれた跡を慎重に辿ってみてくれ。途切れたところがホシと結び付く場所だ」

指紋など採取できる痕跡に注意しながら、どこに続くのか辿って行くように指示を与えました。

天井裏にもぐり込む前に強力ライトの光で照らすと、埃をこすった跡がはっきり見えて、隣の部屋の方に向かっています。

ライトの光は床や壁に近づけて斜めに照射すると、埃が乱反射して浮かび上がるようになるのです。

事件現場の報道で見られるように、ライトを持った鑑識課員がいろいろな方向に光を向けている様子を見たことがあると思います。

小柄な鑑識課員はゆっくりと天井裏に身を入れていきました。

まず一声がありました。

「警部。隣との仕切板がはずれています」

「その仕切板のはずれ方はどうなっているのか」

「はい。ベニヤ板なんですが釘が抜かれています。誰かが作為的にやったと思います」

「よし分かった。その状態は全部記録しておいてくれよ」

そのように指示をすると、カシャ。カシャ。とカメラのシャッターを切る音とともに、フラシュの閃光がひらめいた。

天井裏での隣り合う部屋の間にはベニヤ板で間仕切りされていました。

それが、打たれていた釘が抜かれていて、外れています。

強力ライトの光で照らしながら、こすれた埃の跡を追っていくと、隣の部屋の位置で途切れていました。

「中野警部。埃の跡はたぶん隣の部屋の上だと思います」

「よっしゃ。一旦戻ってこい。捜索令状の準備をさせる」

犯人の可能性が見えてきました。

一方では痕跡をよく見ますと、被害者の荒川さんの部屋の中の方にも向かっていることがわかりました。

部屋の奥の方で、ほんの少しの光があるのが見えます。

強力ライトを消してみました。

天井裏の奥の方で、ポツンと光が見えています。

板の節穴とも考えられます。

今度は被害者の部屋の上を這いつくばりながら、ゆっくりと光の元に近づいて行きました。

ポツンと見えていた光は、一筋の線となっているように見えてきたのです。

「ここの場所がそうだよ」

と、まるで教えているかのように、天井裏で舞った埃の中でキラキラと光っているのでした。

十

肴にしていた、はんぺんがなくなってしまいました。

新政がまだ残っているので、次は何にしようかな。

そうだ。

皆さんは納豆を酒の肴にしたことがありますか。

わたしはよくあります。しかもオリーブオイルを使います。

市販のパックのやつですが、タレに加えてオリーブオイルをタレと同量程度入れるんです。

個人の好みもありますが、これがわりといけるんですよ。

糸を引く粘りも少し増すんじゃないかな。独特の風味になってなかなかですよ。興味のある人は、騙されたと思って騙されてください。


ああ、そうか。

また、脱線していますね。軌道に戻しましょう。

「ガイシャの部屋の天井に小さな穴が開いています」

鑑識課員は、中野警部に報告しました。

「そうか、では穴に向けてライトの光をあててくれ。室内から確認する」

部屋から天井を見上げて穴の場所を探しました。

ありました。

室内からですと、天井板の木目と同化していて、目視では感じられないほどの小さな穴があったのです。

「よし。見つけたぞ」

その穴の位置は、被害者が使用しているベッドの真上でした。

部屋の中が明るければ、暗闇の天井裏からは室内の様子がとてもよく見えるのです。要するに、暗い側から明るい方はよく見えるのに、逆に明るい側から暗い方はぜんぜん見えないということです。

隠れ潜んで部屋の中を覗き見るのには、木目を利用してカムフラージュを施したような穴でしたら、見つかることはなかったと思います。

まず、穴が見つかりません。よほど天井を注視して時間をかけないと、見つけることはできないと思います。

さらに天井裏に潜んでいることが知れるには、大きな音を発するか、天井が抜け落ちるかでしょうか。

まあ。この段階で少しずつこの事件の状況が感じられませんか。

侵入口や逃走の手段とか証拠隠滅のための工作が、捜査によって明らかになってきていますね。

それと重要なことを考えなければならないのは、被害者と犯人の関係ということになるわけです。

つまりそれは、犯人が被害者を殺害しなければならない、犯罪を起こす気持ちです。

いわゆる、犯意です。

これほどの犯罪のための準備をしたということは、単純な動機ではないと思いますね。

そのことは、これから捜査が進んでいき、犯人を逮捕することによって事件の真相が明らかになっていくのです。

ここまでの捜査においては、隣人が関わっている可能性が高いことで司法的な措置として捜索令状の発付を準備します。

続いて、判明した事実について若干推理してみます。

ひとつ目は、被害者の荒川さんの部屋に侵入するためとして、自分の部屋の細部まで調べたことでしょう。

すると、押入れの天井板が、わりと簡単にはずれることがわかったのです。

隣の部屋なので、在室しているのか出かけているのかが容易に知ることができたのです。

おそらく、荒川さんが留守の時に忍び込んだのでしょう。

荒川さんは、大学生ですので日常については、ある程度はパターン化することはできるはずです。

大学に行かない日もあると思いますが、出かけるとしばらくの間は帰らないでしょう。

犯人は荒川さんの様子を窺っていて、外出したそんな日のタイミングを選んだのでしょうね。

自分の部屋の押入れの天井板をはずして、天井裏にはいっていきます。

埃臭いそんな暗闇をライトを頼りに隣の部屋の方に進んで行きました。

腹這いの姿勢で進むと間仕切りの板が前を遮り進むことができません。

手で板を押してみると、動きそうな柔な造りだったのです。

用意してきたドライバーを隙間に差し込むと、いとも簡単に板がはずれました。

そして、隣の部屋の押入れ付近に行き、今度は天井裏から天井板をはずしたのでしょう。

これで侵入ができたのです。

ということは、逃走口ができたということにもなるわけです。

室内に入り、いろいろ物色したと思いますが、盗むことはありません。

犯人の目的は物盗りではありません。まずは荒川さんの室内を覗き見ることなのです。

どういう覗き方をするかは、かなり練っていたと思います。

天井の穴は室内から見て、カムフラージュできそうな箇所を探して、千枚通しかなにかで開けたのだろうと推測できたのでした。

このことで、音も無く天井裏に入れば荒川さんの様子を見ることができたのです。

その目的は、犯人本人から聞かないと、わからないところですね。

犯人しか知らない事実というのがとても大事なことなんです。

法学の世界では、こう呼びます。

秘密の暴露

そうなんです。犯人自身が自ら犯罪について話すことなのです。

わたしが先ほど推理したことや、可能性を見込んだ推測というのは、あくまで状況的なものなのです。

捜査のうえでは、参考にはなるのでしょうが、けっして決定的なものにはならないでしょう。

犯人が犯罪について話すことは、事件を解決するうえでとても重要なのですが、注意しなければならないことがあるのです。

それは、犯人が嘘をつくことがある。と、いうことです。

自分が犯した罪を素直に認めて罰を受くべく、良心の呵責を感じてすべてを語るならいいのです。

しかし、素直になってくれるのは全体の何パーセントでしょうか。

素直に認めている犯人なら先ず警察が行く前に出頭するでしょうね。

自首です。

これは法学の世界では、こんな扱いをするのです。

犯罪として発覚する前に、警察など捜査機関に自発的に申告することですが、これによって刑を軽減させる効果があることです。

そのような中で、逮捕された犯人が事件について、真実をどれだけ素直に、すべてを語れるのでしょう。

嘘をつくことが本当に多いのです。

なぜそんなに嘘をつくのかと思うくらいです。

このような例があります。

殴り合う、絵に描いたようなケンカがありました。

警察としては双方から事情を聴きますよね。手には殴った跡があり、顔に殴られた傷があるんですよ。

でも、こう言うんです。

「俺は、殴られた被害者だ」

相手も同じような事を言っています。

これは心理学的なことでしょうが、ある種の身を護る防衛本能のようなものなのでしょうか。

少しでも、自分の振る舞いが優位になるように仕向けるんです。

もうひとつ。

窃盗の犯人の言い草です。盗品を目の前に置いて、

「これは俺の物ではないが、盗んだ物ではない」

「じゃあ、なぜここにあるんだ」

問いかけると、

「それは、知らない」

客観的にもわかりきっているようなことでも、平気で言いのけるんですよ。

そこまでして嘘をつくのかと言う感じです。

ともかく、犯人が語ることは、いちいち、ひとつひとつ、検証することが求められますよね。

いわゆる、裏付けです。

犯人の言葉に翻弄されずに、矛盾点などを看破する技能が捜査員の個々に備わっていなければなりません。

この辺は、ある程度の経験を積まないといけませんかね。


次の推理です。それはガスコンロの工作です。

事件現場を思い出しましょう。

現場は、木造モルタル二階建てでしたね。一階、二階とも六室ありまして、被害者の部屋は一階の六号室ですから、一番奥にあるわけです。

間取りは、八畳のワンルームでして、三畳のキッチンとバスルーム、トイレの造りでした。

玄関のドアは鉄製で、外側に向かって開くようになっています。

第一発見者である、被害者のガールフレンドがアパートに訪れて合鍵を使ってドアを開けたんでしたね。

犯人には、あらかじめ用意しておく物がいくつかありました。

ドアに結び付けた紐です。そしてその紐の先にあったライター。

さらにライターを固定したガムテープがそうです。

他にもあるんですが、ガスコンロに関する物とすると、これらがそうです。

他の物で最も重要なのが、被害者を死に至らしめた包丁でありましょう。

この包丁については、また後ほどお話しすることにします。

ともあれ、ガスコンロの工作ですが、これだけの仕掛けを施すには、練習をしたとしても数十分はかかるはずです。

ですから工作する前には、既に荒川さんは仏さんになっていたことでしょう。

アパートの各部屋の間取りは、全く一緒でした。

なので、仮に隣室の住民が関わっていたとするならば、工作の練習は自分の部屋で、やることができたわけです。

ドアが開くことでライターに繋げられた紐が引っぱられて、スイッチオンになるのです。

ドアの開き具合も想定の中にあったはずですね。

引っぱられる感覚を何度も試したことでしょう。

ライターにスイッチが入らないと意味がないので、ここはかなり慎重になっていたのだと思います。

準備周到に考えて行動したとしても、結果は不発だったわけです。

証拠として残されました。

これまでの中で状況だけの推理ですが、なるほど、これならば容易に隣の部屋に忍び込んで、殺人を敢行することができます。

諸々の工作を施して、室内を施錠して押入れの天井から隣の自分の部屋に抜け出た。

このような結論に達しました。

明解ですよね。

ある意味とてもわかりやすい。

ピンポーン。

十一

続いては、指紋のことです。

指紋は捜査の中でも極めて重要です。

もちろん犯人を特定する決め手でもあるのですが、被害者の身元や、関係者に至るまで見つけ出すことができるのです。

みなさんは、指紋採取を直接見ることは、ないと思います。

まさに犯罪に関わりがない限りは、テレビドラマや映画で見るのが関の山ではないでしょうか。

ご承知でしょうが、指紋は他の人と同一のものはないと言われています。

また、特徴としてはこの世に生を受けてから終生変わることはありません。

ですが、指先の仕事をする人の指紋は長年の積み重ねでしょう。指紋が擦り減ってしまうことは、レアケースですが実際にあるんです。

鑑識課員が行なっている指紋採取はどんな場所が可能なのかご存知ですか。

概ねなめらかな材質の物なら、ほとんどの物から採取できます。

イメージとしてよくあるのが、丸いハケのようなやつに、白っぽい粉を付けてポンポンと振りかけていることだと思います。

粉を振りかけることによって、見えにくかった指紋が浮き上がってくるんですね。

四字熟語で何て言いましたか、万人不同とか終生不変などと指紋のことを言います。

また、指紋に限らずに、手のひらには手相を見る線以外にも複雑に細い線がありますね。

これは掌紋と言いって、やはり万人不同なのです。

机やテーブルに手をついたりした時や、何かを握った時に、手のひらの跡として残りますね。

これも、採取する対象となります。

荒川さんの部屋でも、鑑識課員が指紋が残っていそうな箇所にライトの光で照らしてみたり、ポンポンをやったりして一所懸命に指紋や掌紋の採取を行なうのでした。

中野警部は荒川さんの死体の検分をしていました。

ベッドに寝ている状態そのままです。

抵抗した様子はまったくなかったので、眠り込んでいる時を狙われたことがわかります。

わたしたちが、現場の部屋に入った時にすぐに感じたことは、殺人が行なわれた場所にしては、荒らされていないことでした。

捜査員は一様に、被害者は動けない状態だったんだ。と、直感しています。

しかも、凶器となっている包丁は左胸にあって柄しか見えていないため、相当な力で刺したことが判断できました。

二十センチほどの刃が体内に全部入っていてしかも、刃先は背中から出ていたのです。

死体からは、おびただしい量の血液が出ていてベッドの下にまで染み出ていました。

そのせいで血溜まりができています。

これだけを見ても犯人が被害者に向けた気持ちが感じられます。

この凶器となった包丁は、犯人が持ち込んだものでした。

ほぼ新品だったため、現場付近のスーパーや金物店を捜査したところ、犯行の三日前に金物店で販売の実績がありました。やや大振りの文化包丁です。

皆さんは、どのように思いましたか。

わたしたち刑事には直感的に、犯人の憎悪が見えていました。包丁を使うことは最初から計画にあったことだと思われます。

少し脇道に反れますが、お付き合いください。

犯行現場における死体の状況によっては、犯人と被害者の関係が見えている場合があるのです。

これは心理的な部門に関係があるのですが例を少しお話しします。

刃物を使って体をメッタ刺しというシチュエーションでは、何が見えているのかというと、それは激しく強い恨み、憎しみです。

さらにそれが顔だとすれば、レベルは相当高いですね。

殺してやるという強い感情が被害者にぶつかっていくのです。

刺す場所にも意味があるんですよ。

例えば男女のどちらでも生殖器に集中している場合がありますが、これだとだいたい想像できますね。

浮気が原因の三角関係だったりして、そういうことが多かったりします。

過去には愛するがあまりに、殺害して切り取っちゃったという事件が昭和の初期の頃ありましたね。

異常な性愛の成りの果てでしょう。

また、死体に布団や毛布などを掛けていて隠そうとしているのは、親族など被害者に関係の深い場合があるんです。

これにも犯人の気持ちが表れていますよね。

このような状況を見ますと、殺害された被害者が自らの体をダイイングメッセージとして残して、

「犯人を見つけてください」

と、叫んでいるのが聞こえてくるようです。

今、お話ししたことは、ほんの一例ですが殺害の手段方法によって犯人の心情心理が表面化しているわけです。

わたしたちは、このようにして、現場の中で客観的に表れている状況を見逃さずにあらゆる場面を促えて活動しているのです。

十二

その次は、ガスコンロの工作を観察してみましょう。

中野警部の洞察力は、いささかの翳りもありません。

「ライターを固定した、ガムテープはどこかにあるか」

たいしたものです。

優れた捜査感覚なんでしょうね。

「どこにもありません」

このやりとりには、大きな意味があるんです。

わかるでしょうか。

犯行の用に供した物が犯行現場にないという構図は、犯人が持ち込んだものを犯人自身が持ち帰ったことになるのです。

と、いうことは犯人の持ち物だった。

そういうことになりますよね。

ガス爆発を引き起こそうとして着火点に使ったライターと、それを固定するためのガムテープや紐などがそうです。

これは犯人が用意したものです。

いわゆる本件の証拠品です。

きっと、密室において殺人を実行するために、綿密に計画したのでしょう。

火災が発生して燃えてしまえば、指紋などを採取することはほぼ不可能です。

捜査の手が自分に及ばないように考えたのだと思います。

そんな風に予測したのでしょう。

ただ、最初の詰めの甘さで、爆発は起こらず現場が燃えることがなかったので、室内は犯行当時のそのままの状態で残ってしまいました。

遺体も工作した状況も、すべて残りました。そうすると、現場は証拠の宝庫になるのです。

捜査のプロ達は、室内のすべてを完璧に調べ上げます。

現場鑑識は徹底を尽くしました。

犯人は手袋を使ったのでしょう。

犯人が触れたと考えられる箇所を、細部に至るまで確認しました。

いくつか指紋らしい物は検出したのですが、これらにはすべて上から潰されていました。

これは何を意味しているのかと言いますと、潰されている指紋は荒川さんや渋谷さんのほか、これまでに訪問した複数の友人たちのものでしょう。

つまり、複数の人が何度も触れているような部分は指紋が重なっています。検出するとよく分かります。

ところが、そのような箇所を手袋を使った手で触れると、残っていた指紋全体が消えてその跡としてははっきりと印象されるんですね。

鑑識の技術では、それが軍手のようなものなのか、革製なのか、ゴム製なのかくらいまでは絞れるんです。

ちなみに革だと、牛革なのか豚革なのか動物の判別までできます。

検出した指紋については、事件の関係者の指紋と照合します。

しかし、犯行に関連した箇所からはまったく指紋が出ません。

そして、確実に犯人が握っていたであろう包丁の柄からも何も出ませんでした。

現場の中で犯人が触れた箇所は限られているはずです。

その中で僅かな可能性を期待して、ライターを固定していたガムテープを確認しました。

ガムテープをライターから慎重にかつ丁寧に剝がしていきますと、ありました。


くっきりと、鮮明に指紋が転写されていたのです。

これは、犯人が素手でガムテープを触った時に、残されたものでしょう。

これには、さすがに犯人も気がつかなかったと思います。

皆さんも気がつきましたね。

ガムテープなど粘着性のものを扱うときに手袋を使用していると、ベタベタとくっついて煩わしさがあります。

思うようにガムテープを使えません。

わたしもガムテープを使う時は、必ず素手でやります。

これは犯人にとっては、詰めの甘さと言うより、落とし穴だったのでした。

犯人の迂闊さもあったのでしょうが、わたしたち捜査陣のほうが勝っていたと言うことでしょう。


それでは、犯人は誰なのか。

皆さんの予想の通りです。

お気付きのように。答えはわりと簡単です。

隣の入居者が容疑者になります。

誰が考えてもそういう事になりますよね。


事件発生から、三日とかかりませんでした。

十三

映像の世界では、洋の東西を問わず刑事モノを素材にしたドラマや映画がとても人気がありますよね。

とりわけアクション付きの作品は、わりとヒットしています。

犯人を逮捕する際、あるいは捜査によって犯人のアジトに踏み込む時などには、とっても派出な銃撃戦が行なわれて、観ている側にスリルを感じさせていますよね。

むしろ観ている側がそれを望んでいることの方が多いのではないでしょうか。

ですからイメージ的に一般の方々は警察イコール強さだけではなく、暴力・破壊・

乱暴といった風に強さ以外にアウトロー的なワイルドさを求めていたりすることは、けっして否めないことだと思います。

ただし、それは映像の世界ですよ。作家が練ったものを監督が作り上げた虚構のものであって、フィクションなのです。

シリアスに描かれていることもあるんですが、刑事は暴力的に扱われることが多いですよね。

事件の内容についても派出なアクション付きが一般受けするんです。

それを観た人は、変に頭の中でオーバーラップしてしまい、刑事はダーティハリーやフレンチコネクションに出ていた、クリントやジーンのような映像を想像してしまうのです。

ところが現実では、マッチ棒のような痩せっぽちの男がバッジを見せているんです。マッチ棒は言い過ぎかもしれません。

でも大したギャップですよ。イメージとだいぶ違っているんですから。

しかし、痩せっぽちでも柔道や剣道をみっちり稽古しているし、逮捕術なんていう独特な武道もしっかり身に付けているんです。

こんなことがありました。

ある現場で、百キロもありそうな巨漢のヤクザもんを傷害罪で逮捕に行った時の話です。

若手の刑事でしたが七十キロくらいしかありません。

見た目でもマッチョではなく、屈強とはとても言えません。

でもわたしたちは安心して見ていました。ただ、突発的な動きに対処できるようにはしていましたよ。

コンマ一トンのヤクザもんは若い刑事を見て、ニヤニヤとほくそ笑んでいて、逮捕状を読み上げる刑事の腕を摑んで、

「うるせい。俺はなんにもやっちゃあいねえ」

と、大声を上げて逮捕状執行の妨害をしました。

刑事は腕を摑まれていましたが、怯みません。そして、

「あなたの今の行為は、公務執行妨害となります」

そう言って、摑まれた腕を軸にしてくるりと反転すると、巨漢の懐にスッと体を寄せてまるでスローモーションのように巨漢を背中から仰向けにひっくり返しました。

さらに素早く手錠を取り出して手際よろしく拘束してしまいました。

「あなたを公務執行妨害の現行犯として逮捕します」

鮮やか。お見事でした。

最初の逮捕状を示した時から三十秒くらいだったでしょうか。

わたしたちもビックリしましたが、なにしろあっけにとられたのは、当の巨漢だったことに間違いありません。

このように現実にも荒っぽい奴はいますよ。でも、そんなのは本当に稀なことです。

特に日本では、意図的に暴れるのはヤクザもんと、徒党を組む若い連中でしょう。

あとは薬物で相当イカれてしまった奴とか、酒がはいって気が大きくなった奴くらいでしょうか。

映画の中では誇張されているために、刑事の暴力だけが印象に残ってしまうように思います。

映画はよほど駄作でなければそれなりにヒットしています。

脚本も優秀なのでしょうが、本来は警察部内のことはアンタッチャブルなのです。

とても秘密事項が多いのです。

というより、秘密だらけなのです。当然のことですよね。

捜査上の秘密というのは、厳守しなければならない絶対的なものなのです。

もちろん、捜査手法については門外不出でなければなりません。しかし、最近の報道では知る権利を主張しすぎているのかもしれません。

「そこを報道したら犯人やその関係者が知ってしまうだろう」

といったことが多いような気がします。

さらに過剰になりすぎて、被害者のことが等閑になっていることが見受けられるようになっています。

犯人の名は伏せておきながら、被害者ばかりがクローズアップされているような異様な感じがする時があります。

警察と報道機関との協定だとか、報道機関同士の協定だとかがあります。

その中で権利が変に主張されて歩き出しているように気になることが多々あります。

とは言え、皆さんが刑事の仕事に興味津々なのはよく分かるのですが、ドラマ上の展開はやはりフィクションなのです。

誇張が多いのは、どうしても視聴者サイドの目線なのかと思ってしまいます。

娯楽要素でドラマを観て頂けるといいのですが、中には映像が現実のものと勘違いする人もいます。

刑事は暴力的なものだと思ってしまう人もいて、何かと突っかかってくる輩もいるんです。

テレビの見すぎだろうと思うのですが、映像が与える影響は大きいものです。

ああ。いけませんね。また話が反れてしまいました。

一杯やりながらだと、どうも脱線しがちになります。すみません。


犯人を特定して逮捕状を請求するための確固たる証明を記して、

「故に、この者が犯人である」

との、揺るぎ無い結論付きで裁判官から令状の発付を得ました。

被害者の荒川さんの隣室に住む者を重要な参考人として、任意の事情聴取のために警察署に同行しました。

同行中に男は既に動揺していました。

署に着いてからも男は落ち着きません。

男に同行された理由を伝えます。

「かくかくしかじか、なになにこれこれ。こんな理由であなたを同行したのです」

もはや男は、顔面蒼白になっています。

さらに体も震えだして、ガタガタと音が聞こえて、言い逃れができないと思ったようでした。

ほんのひと押ししただけで、男は落ちました。

十四

やはり隣に住む男が犯人でありました。

都内の工業大学の三年生です。

これもやっぱり名前が出てきませんので、太田康彦としましょう。

この男、太田について少々時間を設けましょう。

太田は、ざっくりと北陸地方の出身です。高校卒業まで当地で過ごしました。

大学入学と同時に、都内よりはアパートの賃料が比較的安い横浜市内のこのアパートに入居しました。

通学するにしても、ここからならば一時間もあれば十分です。

小学校、中学校では常に一番の成績でした。ところが、高校に入るとトップクラスなのですが、一番にはなれませんでした。

これまで常に一番だった優越感が砕けてしまいました。

プライドが高かったのでしょうか。

そのことが元になり、変なコンプレックスを持つようになってしまったようです。

隠れていた卑屈な性格が露呈してきて、徐々に同級生たちからは距離を置かれてtしまうようになってしまいました。

学校の評価として学業は優秀なのに、交友関係がうまくできなかったとされています。

成績はいいが、性格が悪いという極めてとっつきにくい人間になっていました。

そのことは、太田自身自分でも気が付いていました。

でも、改善することはありません。

将来のことを考えると、無理してまで同級生と交わらなくても構わない。そのように自分の考えを優先させていました。

高校までの生活で楽しかったことは、一度もなかったと言っています。

大学に進学して、専門の知識を得て一流の企業に入るか、科学者になりたいと希望を持っていました。

進学によって故郷を離れることで、気分一新やっていけるかと思ったのかもしれませんでした。

しかし、なかなかそのようには、ならなかったのでした。

今度は、都会の生活に馴染めなかったのです。

元々持っていた内向的な性格に加えて、友人を作ろうとする意欲がなかったというか、逆に拒否していたために、太田には親しい友人どころか世間話をするような人もいませんでした。

孤独だったようです。

やはり、生まれ持った性格は終世変わることはないのかも知れません。

太田自身もそれに気が付いていたのかどうかはわかりません。

周囲の人も太田に声をかけることがなかったのは事実のようです。

社交的な人の特徴は、外観からも顔には笑みが絶えずあって誰とでも会話ができますよね。

姿全体からも醸し出される何かがあるようです。

特に太田には、何しろ自分自身のプライドが高かったことが原因だったと言えるのかもしれません。

つまり、常に人よりも上にいたかったのが根底にあり、そのせいで人を蔑んでいたことは、幼い頃からありました。

なので、自分が人より下位にいることは、許されずひどく心を傷つけたのだと思います。

ところが太田は、それを改善することもなく、殻に閉じこもることで解決しようと、自分を追いやったのだと感じました。

犯行の動機については、犯罪捜査上において明らかにしなければならない必須事項であって最重要な部分です。

動機こそが犯罪を誘引させる原点とも言えることなのです。

犯行の目的は人を殺すこと。

そしてその動機は何かが原因となって、その人を殺そうと心が動いたことです。

ここで浮上するのが、

原因は何か。


と、言うことですね。

なぜ、隣の部屋に侵入してまで、男性を殺そうと思ったのか。

事実の供述が求められます。

そのために真相を明らかにする取調べを行ないます。

太田の供述によって、真相が徐々に明らかになっていくのです。

太田自身の意思による供述は、動機となった原因を語らせることになります。

十五

犯罪捜査は、犯罪の中心人物である犯人の動向が大きく見られがちですが、被害者についてもしっかり着目しなければなりません。

今回のような殺人事件では、結果として死屍に鞭を打つことになることもあるので、とても心が痛むものですが捜査のためですので仕方がありません。

ですから被害者の荒川さんの日常の行動について関心を持つことは、実態の解明のためには必要なことです。


被害者の荒川さんは関西の出身でありました。

高校時代はサッカーに専念していて、県代表にもう一歩というくらいのスポーツマンでした。

性格は明るく社交的な好青年であったそうです。

ですが、一部ではチャラチャラした女たらしとの、評判が付きまとっていたのも事実でした。

サッカー選手としては、高校生レベルを超える技量を持つと言われていました。

その将来が期待されていたそうです。

しかし、荒川さん本人は周囲が言うほどの熱い思いはなかったようです。

今のJリーグのように、当時の日本にはプロのサッカー組織はありませんでした。

それでも、スポーツ全般の中では競技人口は多かったように記憶しています。

その中で、リトルから選手が育つ環境はありました。

そのせいもあって、実業団クラブが幾つか存在していて、毎週土曜と日曜にはテレビ放映もありましたね。


少し偏見があるかもしれません。

サッカーを愛する人たちには最初から謝ります。

選手はかっこいいし、颯爽としているイメージがあるので、女の子にもてるのでしょう。

先入観がそうさせるのですが、そのとおりだろうと、わたしは思ってしまいます。

その中で、実力があって見た目からも支持されると、羨望の眼差しで見られることは、確かなことでしょう。

荒川さん本人も気が付かないわけがなかったと思います。

多少鼻が高くなることは、仕方がなかったことでしょうか。

他の体育会系の人間から言わせると、

「何言ってやがるんだ。俺たちだって…」

と、思わせてしまうのは、多分に及ぶことなんでしょうか。

しかし、現実が目の前にあってそれを覆すことは、なかなかできないことだと意識させられます。

特にサッカーだけが突出しているわけではないのですが、ただ妙に際立っていることは否めないと思えます。

多少ひがみ根性があるんでしょうか…。

純粋にスポーツを愛する気持ちや競技としての精神が、どこか隅の方に追いやられてしまっています。

ビジュアルの印象のみで話をしてしまうのは、少々考え方が違っているところであります。

おっと、いけない。別な話になっていますね。

また、脱線してしまいました。

荒川さんは大学二年生でありました。

彼にはその社交性の豊かさや、人を引き付ける何か魅力がありました。

周辺にはいつも人が集まっており、大学入学と同時に親しくなる友人ができており、その数も増えていくことは必然でした。

そのせいか、アパートの部屋には常に誰かが来ていました。

友人たちが部屋に来ると夜遅くまで酒を飲んでいたり、麻雀をやっていたりして大きな声で騒ぐことがありました。

わたしにも経験があります。

わりと大きな手であがった時や、逆に振り込んだ時には思わず声も大きくなるもですよね。

役満なんかに振り込んだらもう大変です。しばらくはそのショックを引きずってしまいます。

部屋には常に人が集まっていましたので、周りへの迷惑はあったと考えられます。

アパートの他の入居者の部屋にも訪れる人はいたのですが、騒いでいる部屋は荒川さんのところだけでありました。

それでも文句を言ったり、管理会社に苦情を申し入れるとか直接的な行動に出る人はいませんでした。

それぞれトラブルを回避していたのか、それとも言いたいところをじっと我慢していたのでしょうか。

フラストレーションが溜まる要因になりますね。

事件に関して入居者に聴取したところ、

「騒音はありました。でもトラブルには発展しませんでした」

「みんなが感情を出していないんですよ」

このようにアパート内の騒音の問題を感じていた模様でした。

中には、

「いずれ、いざこざがあるのかと思っていました」

とか、事件は、

「起こるべくして起きたんだろう」

と、話してくれた人もいました。

しかし、事件は騒音だけの問題ではありませんでした。

十六

太田は荒川さんとは真逆に近い性格なのでしょう。

大学三年生になっていましたが、学内外には友人がいませんでした。

もちろん付き合っている女性はいません。

真面目ではあるんですが、なにか陰に籠っているような暗さを感じる雰囲気を醸し出していたのでした。

アルバイトはしていません。

すべて親からの仕送りで生活をしていました。

大学からはどこにも立ち寄らずに真っ直ぐに帰り、ゼミの研究レポートの作成などを行ない、学業に専念していたようです。

その意味では、真面目で実直な人間だったのだと思います。

二年生になるまでには、生活には変化はありませんでした。

ほとんど変化のない単調な毎日を過ごしていました。

ところが、隣に住んでいた学生が卒業して転居した後に、荒川さんが入居してきたのです。

住人が変わった途端に、騒々しく一変したのは先に話したとおりです。

太田とはまったく違う次元の人間が住み始めたことがきっかけになりました。

レポートの作成には集中できないし、よく眠れない夜があったりしたのは、聞いて想像して分かるとおりです。

ただ、酒を飲んで騒いでいるくらいなら、学生の有りがちなものとして多少なりとも我慢はしていたようです。

百パーセント変化したのは、女性が泊まった時から始まりました。

太田の中になかった特別な想像力が発揮されたからです。

ある種のアダルト雑誌みたいな、あられもない非現実が頭の中を支配していくのでした。

悶々とする思いと、荒川さんに対する恨めしさとが交互に心情を掻き乱していくのが自身でも分かっていたはずです。

話し声やわずかな物音が壁越しに伝わってくるのです。

そして、女友達の渋谷さんが荒川さんの部屋を訪れる日が多くなってきていました。

「部屋ではいったい何をやっているのだろうか」

太田の想像は少しずつ妄想に変化していくのでした。

「よし。行動に出るしかない」

太田はそう思ったのでした。もはやその気持ちしかなかったのです。

それを克服するには、非合法的にやるしかありません。

太田はもうこれ以外の事は考えられなかったのでした。

どうしたら隣の部屋のことを見ることができるのか。

あらゆる思考を巡らせました。


「窓から」

これだと周りの目に晒してしまう。

「なら、アパートの中から」


もしかしたら、アパートは天井裏の空間が隣とつながっているかもしれない。

こんな発想が閃いたそうです。

太田は自分の部屋をくまなく調べまくりました。

そうして、押入れの天井の釘が短くて簡単に外れることを見つけたのでした。

天井裏の隙間は、五十センチくらいしかないのでしたが、匍匐前進の要領で入っていくことができたのです。

天井裏に隣との間仕切りをしている物はありませんでした。

電気の配線が張り巡らされていますが、問題ではありません。

アパートの建築の構造がそのようになっていたのです。


「これなら大丈夫かも」


そして、隣が留守の時に実行しなければならない。

荒川さんが在室している時は気配が分かったので、行動パターンが手に取るように把握できたのです。

大学に行かない日もありましたが、出かけると決まって夜まで帰ってきませんでした。

アパートの各部屋の間取りはすべてが同一に作られていることが、入居契約の段階で分かっていたそうです。

小雨が降る月曜日でした。

荒川さんは朝から出かけました。

「きょうなら、夕方まで時間をかけてやれそうだ」

太田は、ほくそ笑んで軍手を摑んでいた。

匍匐で進んだ距離を考えながら、押入れの位置だろうと思われる場所まで進みます。

板を動かしてみると、やはり簡単に外れました。

これで第一段階の目的は達成できたのです。

隣の部屋にドアや窓からではなく、天井から侵入ができたのでした。

間取りが同じなので、部屋に置いてある物が違うだけです。

何か変な感じがしたそうです。

そして、次のステップに移りました。

「覗き穴をどこにしようかな」

太田は、今、自分がしていることが犯罪行為だということの、善悪の判断が出来ていませんでした。

目的は隣の部屋の様子を覗き見ること。

この一点だけでした。

いろいろ思考しました。

女性が訪れた時に何をしているのかを覗くには、ベッドの上しかない。

そんな卑猥なイメージが頭の中に満ち溢れていました。

「考えが決まった」

その場所は、押入れのすぐ先にあったので、天井裏を動き回わる必要がなかったのです。

天井裏をゴソゴソと這いずり回る物音が出ないことは、侵入者にとってはとても重要なことです。

侵入中に不審がられることは、ほぼないだろうと判断したのでした。

「覗き見をするには、どこがいいかな」

太田は独り言を発していました。

ベッドの上の天井に穴を開けるために、天井の柄に紛れるようなカムフラージュができる場所を探しました。

千枚通しを使って穴の大きさを測りながら少しずつ開けていきます。

「よし。これで見えるはずだ」

再び天井裏に移動して確認すると、五ミリ程度の穴が開いていました。

その穴を覗くと飛び込んできた光景は想像以上のものでした。

ある意味では、期待を超えた収穫だったのです。

太田にとって、これが犯罪行為だということが、まったく見えていません。この時点では、とにかく覗きをして荒川さんたちの様子を見たかっただけでした。ですから後ろめたさなどは微塵もなく、これが当たり前のような感覚だったのに違いありません。

「よし。準備は整った」

「あとは、女性が来るのを待つだけだ」

ところが、その日はなかなか来ませんでした。

「なんだよ。今回に限ってなぜ、すぐに来ないいんだ」

今度はイライラが溜まってきました。

大学に行っても、

「いつ来るんだ。いつ来るんだ」

と、もはや講義などろくに頭に入らないような状態になってしまいました。

いつしか、

「いつ来てくれるんだ」

という、形容に変わっていたようです。

どれだけ待っていたのだろうか。まるで何かに耐えるように待ち続けました。

やっと女性は来ました。

太田の言葉を借りると、

「僕のために、来てくれた」

なのだそうです。

部屋に侵入して天井に穴を開けてから、十日後の金曜日の夕方のことでした。

荒川さんは渋谷を伴って、一緒に帰ってきました。

太田はすぐに行動に出ました。

音を潜めて、静かに押入れから体を忍ばせます。

ゆっくりと匍匐前進をはじめました。

荒川さんの部屋からは、テレビの音が聞こえてきます。

話し声もはっきりと聞こえました。

こうして、太田の覗きが始まっていったのです。

十七

渋谷さんは、二泊する時もありました。

荒川さんとふたりは、半同棲のようなものです。

週末に来ることが定番になっていて、ふたりして仲良く買い物をする姿をスーパーの店員がよく見かけていました。

渋谷さんは女子大学の学生でした。荒川さんとはサークルのコンパで知り合ったそうです。

都内にご両親と住んでいて、荒川さんの部屋に来るときは友達のところに行くと言っていたそうです。

ふたりはもう恋人の関係になっていたので男友達は配慮をしたようで、荒川さんの部屋に来ることは極端に減ってきていました。

ですから部屋はふたりの愛の巣の体を成すことになっていたようです。

一方の太田はと言いますと、隣の部屋の覗きのために全神経を集中させてしまう有様になっていました。

太田は大学を休むこともあったので、学業に専念することができなくなっていました。

隣の部屋に女性が来ることが、待ち遠しくて待ち遠しくてたまらない状態です。まるで、自分の彼女を待っているような、勘違いが芽生えてしまったのでした。

そうなると、自分本位の考えが頭の中を支配するようになってきます。

心理的な感情の推移でしょうか。

「この男がいるから、女性が自分のところに来てくれないんだ」

と、思い込むようになってしまったのです。

覗き行為がエスカレートしてしまい、本件殺人事件の原点というべき動機になっていくのです。

交友関係に著しく乏しかった太田は、入居者が変わって人の出入りが多くなった隣室については、うるささはあったのですが本当に迷惑だとは思っていなかったそうです。

逆に人が集まることに羨ましさを感じていたとも語っています。

自分には欠落していた対外的交友醸成が、隣では氾濫していると感じていました。

どうしたら、隣のように自分の周りに人を集めることができるのだろうと思っているものの、それができなかったわけです。

覗きを始めてから六ヶ月が過ぎた頃、

「こんなことをやっていてはダメだ」

「もう覗くのはやめよう」

と、心に決めたことがあったそうです。

自分がやっていることが犯罪行為だということに、やっと気がついたわけです。

この頃には、大学を休みがちになっていました。

しかし、狂った歯車は、もう修正することはできませんでした。

女性が部屋に来る度に、無意識のように体は動いてしまっていました。

そこで今度は、妙な被害者意識に変調していくようになります。


「自分の人生を狂わせたのは、この男だ」

「この男がいたせいだ」


と、捻じ曲がった考えが出てきたのです。

どうでしょうか。あくまでも自分は悪くはないという完璧な利己主義的な、ものの考えです。

字が上手に書けないのは、このペンが悪いからだ。と、言っているようなものでしょうか。

小学校の頃に、こんな同級生がいました。

運動会の徒競走で組み合わせの段階で、同じ組にメチャクチャ足の速い子がいたことでその同級生は先生に抗議をしました。

「僕はあいつと一緒に走るのはいやだ」

先生は聞きます。

「どうしていやなんだ」

彼は答えました。

「だって、あいつと一緒の組だと一等になれないから。あいつが、いなければいいから」

なんだそうです。

先生はそんなことを認めるわけがありませんですよね。

「みんな同じ条件なんだ。お前は自分だけがよければいいのか。正々堂々としたらどうなんだ」

先生は教育者らしく厳しく指摘しました。

彼は従うしかありません。渋々ですが。


よーい、ドン。


その瞬間、彼は足の速い子に足を引っ掛けたのです。

当然、足の速い子は転んでしまいました。

その様子は、多くの児童が見ている中で起こったのです。

いわゆる衆人環視の状況です。

レースは成立しません。すぐに中断しました。

先生は彼を問い質します。

「なぜあんな事をしたんだ。危険だろう」

彼は言いました。

「あいつがいなければ、僕が一等になれるから」

先生たちは唖然としてしまいます。そこまで一等に執着していたのか。

競争心があるから人間は向上することでしょうが、他人を蹴落とすことをその方法としたことに気がつかない、利己主義の結果であろうかと思わざるを得ません。

自分中心の考えをする人間は、他人など取るに足らないものだと言うんでしょうか。

そんな理論が太田にもあったのでしょう。

荒川さんを憎らしく思い、

「隣の部屋からいなくなればいい」

と、言うのが、

「この世からいなくなればいい」

と、大きく変わったのです。

そうなれば、なにもかもが自分の思いどおりになり、これからの人生が楽しくなれるはずだ。

そんな風に大きな偏見に変わってしまったのです。

覗きのための不法侵入から、殺人計画に考え方が変わっていきました。

完全殺人を目指す事になっていったのでした。

この時点で太田が初めて殺人という犯罪を意識した、いわゆる動機になったのです。

いつ殺すのか。

どこで殺すのか。

どのような方法で殺すのか。

殺した後は、どうするのか。

捜査の手が自分のところに来ないようにするには、どんなことが必要となるのか。

何を準備するのか。

かなり緻密に考えたと思います。

まさしく、殺人計画なのでした。

考え出したら、もうほかの事には頭が回わらなくなってしまいました。

それが、いつしか人を殺すための思考に移行してしまい、主軸となってしまったわけです。

大学で本来の自分が目指した勉強をしておけばよかったのです。

太田は、これからの自分の人生での大切な事を見失っていました。

殺人計画を練り始めたら、集中していました。

あれやこれや考えて、着々と準備を積み重ねていったのでした。

太田のイメージでは、次のように進んでいきます。

これまでの隣の部屋のパターンからするとふたりは週末に一緒に過ごすことが多い。

そうすると、週が明けた月曜か火曜が実行する日なのか。

寝込んでいる夜中が適当なのか。

首を絞めるか。それとも刃物で刺すか。

首を絞めている時に目が覚めて抵抗されたら、応戦する自信がない。

刃物を使うには血を見るのが嫌いだ。

薬を大量に飲ませるか。そんなタイミングはないな。

その中で一番確実と思われる方法にたどり着きました。

包丁で一気に刺してしまえば血を見ることはないはずだ。


そして、行動に移して実行したのです。

もう、アパートにいる必要はない。

計画どおりだと、犯行現場はガス爆発によって破壊されるとともに、火災が発生しているはずである。

巻き込まれることを避けるため、大学近くの深夜飲食店で過ごしたそうです。

そもそも、この危難を避ける行為も落とし穴といえば穴だったのです。

工作を施して時間差を作ったものの、いつドアが開けられるとも知れない空白の時間があるわけです。

その間にアパートに戻っていないことが、不審感のひとつにもなるんです。

そこのところが、自分がケガをしなければいい。という利己的な主義の表れにもなったのです。

あの女性が来るとすると、いつなのか。

どのくらいの間隔があるのだろうか。と、思ったそうです。

ドアを開けるのは、あの女性である。
開けた瞬間に爆発が起きると、一緒に吹き飛ばされてしまうだろう。
巻き込まれてしまい、単純な怪我では済まないはずだ。
それでもいい。
あの女性も、あの男と同じなのだ。
自分の人生を狂わせた張本人だ。

「坊主憎けりゃ、袈裟まで憎い」

この理論でしょうか。
あの男と一緒にこの世からいなくなってもよかった。
そんな風に言っていました。
自分自身を追い込んでしまい、被害妄想に置き換えてしまったのでした。
後悔はなかったそうです。
結果として、渋谷さんが来たのは殺人を実行した翌日でした。
太田がミスをしたことで、渋谷さんには大事はありません。
荒川さん以外の被害者が出ることはなかったのです。

物事は結果で論ずることが多い中で、この事件のように太田が想定していた結果が出なかったことがあります。

太田の行動は犯行の支度として犯罪の準備となるものですが、結果が生まれなかったことで犯罪として成立しませんが、目的の意識はあったわけです。

取調べでは、期待可能性の存在として考慮しております。

ですから、太田の犯行は第一目的である荒川さんへの殺人のほか、証拠隠滅を図ることで第二の犯罪を誘引していたのです。

しかし、その目的は成し得ませんでした。

このことを考えると、太田は罪を重ねることがなかったと言えるのですが、利己的な主義のために行なっていたものです。

この代償は大きい。

十八

あれから三十年近く過ぎました。

太田はすでに刑務所を出所しているはずですが、今はどうしているのか。

あの事件がなく、太田は大学に普通に通っていたとします。

もしかしたら、もうひとつ上の大学院に進んでいたのか。

あるいは優秀なエンジニアになり、一流の企業に入社して日本の工業界を牽引する重鎮になっていたかもしれません。

太田の人生を狂わせたのは、他人の第三者の引き金ではないと思います。

それは自分自身の心の中に潜んでいた隙と信念の足りなさであったのか。

と、思ったりします。


刑事としての駆け出しの頃の殺人事件でした。

計画殺人という特異な事件でしたが、わりと短期間で解決しました。

そんな中にも、何かを考えさせられました。

ひとりの若い男の歪んだ人間心理が引き起こした、物語のある事件であったように記憶しています。

被害者の荒川さんにも、渋谷さんにも当然物語があるのです。

それを断ち切った太田の責任は、決して消えるものではないと思います。

エピローグ

あっ。もうこんな時間ですね。

わたしとしては、気持ちよくお話をさせていただきました。が、なにせお酒が入ったせいで、伝わり難いこともあったでしょうか。

それに脱線しがちな悪い癖がお耳障りでしたか。

どうか、ご容赦してください。

これからも、いろんなことを話せるかと思います。


美しいお酒も堪能しました。

新政は非常に美味しかったです。

それでは、残りの新政を味わってから寝ることにします。

おやすみなさい。

終わり

著者プロフィール

小林 什無（こばやし じゅうない）

神奈川県在住。

62歳。

長谷川恵三の備忘録 完全密室の不完全な殺人事件

2021年11月15日 初版第１刷発行

著 者 小林 什無

発行者 瓜谷 綱延

発行所 株式会社文芸社

〒160-0022 東京都新宿区新宿１−10−１

電話 03-5369-3060（代表）

03-5369-2299（販売）

印 刷 株式会社文芸社

製本所 株式会社MOTOMURA

ISBN978-4-286-23076-4